J.M.G. Le Clézio

Lullaby

Illustrations de Georges Lemoine

Gallimard

1

Le jour où Lullaby décida qu'elle n'irait plus à l'école, c'était encore très tôt le matin, vers le milieu du mois d'octobre. Elle quitta son lit, elle traversa pieds nus sa chambre et elle écarta un peu les lames des stores pour regarder dehors. Il y avait beaucoup de soleil, et en se penchant un peu, elle put voir un morceau de ciel bleu. En bas, sur le trottoir, trois ou quatre pigeons sautillaient, leurs plumes ébouriffées par le vent. Au-dessus des toits des voitures arrêtées, la mer était bleu sombre, et il y avait un voilier blanc qui avançait difficilement. Lullaby regarda tout cela, et elle se sentit soulagée d'avoir décidé de ne plus aller à l'école.

Elle retourna vers le centre de la chambre, elle s'assit devant sa table, et sans allumer la lumière elle commença à écrire une lettre.

« Bonjour cher Ppa.

« Il fait beau aujourd'hui, le ciel est comme j'aime très très bleu. Je voudrais bien que tu sois là pour voir le ciel. La mer aussi est très très bleue. Bientôt ce sera l'hiver. C'est une autre année très longue qui commence. J'espère que tu pourras venir bientôt parce que je ne sais pas si le ciel et la mer vont pouvoir t'attendre longtemps. Ce matin quand je me suis réveillée (ça fait maintenant plus d'une heure) j'ai cru que j'étais à nouveau à Istanbul. Je voudrais bien fermer les yeux et quand je les rouvrirais ce serait à nouveau comme à Istanbul. Tu te souviens ? Tu avais acheté deux bouquets de fleurs, un pour moi et un pour sœur Laurence. De grandes fleurs blanches qui sentaient fort (c'est pour ça qu'on les appelle des arômes ?). Elles sentaient si fort qu'on avait dû les mettre dans la salle de bains. Tu avais dit qu'on pouvait boire de l'eau dedans, et moi j'étais allée à la salle de bains et j'avais bu longtemps, et mes fleurs s'étaient toutes abîmées. Tu te souviens ? »

Lullaby s'arrêta d'écrire. Elle mordilla un instant le bout de son Bic bleu, en regardant la feuille de papier à lettres. Mais elle ne lisait pas. Elle regardait seulement le blanc du papier, et elle pensait que peut-être quelque chose allait apparaître, comme des oiseaux dans le ciel, ou comme un petit bateau blanc qui passerait lentement.

Elle regarda le réveil sur la table : huit heures dix. C'était un petit réveille-matin de voyage, gainé de peau de lézard noir qu'on n'avait besoin de remonter que tous les huit jours.

Lullaby écrivit sur la feuille de papier à lettres.

« Cher Ppa, je voudrais bien que tu viennes
reprendre le réveille-matin. Tu me l'avais
donné avant que je parte de Téhéran
et maman et sœur Laurence avaient dit
qu'il était très beau. Moi aussi je le trouve
très beau, mais je crois que maintenant
il ne me servira plus. C'est pourquoi
je voudrais que tu viennes le prendre.
Il te servira à nouveau. Il marche très bien.
Il ne fait pas de bruit la nuit. »

Elle mit la lettre dans une enveloppe par avion. Avant de fermer l'enveloppe, elle chercha quelque chose d'autre à glisser dedans. Mais sur la table il n'y avait rien que des papiers, des livres, et des miettes de biscotte. Alors elle écrivit l'adresse sur l'enveloppe.

Monsieur Paul Ferlande
P.R.O.C.O.M.
84, avenue Ferdowsi
Téhéran
Iran

Elle déposa l'enveloppe sur le bord de la table, et elle alla vite à la salle de bains pour se laver les dents et la figure. Elle avait envie de prendre une douche froide, mais elle avait peur que le bruit ne réveille sa mère. Toujours pieds nus, elle retourna à sa chambre. Elle s'habilla à la hâte, avec un pull-over de laine verte, un pantalon en velours brun, et un blouson marron. Puis elle enfila ses chaussettes et ses chaussures montantes à semelle de crêpe. Elle peigna ses cheveux blonds sans même se regarder dans la glace, et elle enfourna dans son sac tout ce qu'elle trouva autour d'elle, sur la table et sur la chaise : rouge à lèvres, mouchoirs de papier, crayon à bille, clés, tube d'aspirine. Elle ne savait pas exactement ce dont elle pourrait avoir besoin, et elle jeta pêle-mêle ce qu'elle voyait dans sa chambre : un foulard rouge roulé en boule, un vieux porte-photos en moleskine, un canif, un petit chien en porcelaine. Dans l'armoire, elle ouvrit un carton à chaussures et elle prit un paquet de lettres. Dans un autre carton, elle trouva un grand dessin qu'elle plia et mit dans son sac avec les lettres. Dans la poche de son imperméable, elle trouva quelques billets de banque et une poignée de pièces qu'elle fit tomber aussi dans son sac. Au moment de sortir, elle retourna vers la table et elle prit la lettre qu'elle venait d'écrire. Elle ouvrit le tiroir de gauche, et elle chercha parmi les objets et les papiers, jusqu'à ce qu'elle trouve un petit harmonica sur lequel il y avait écrit

ECHO Super Vamper MADE IN GERMANY

et, gravé à la pointe d'un couteau

david

Elle regarda l'harmonica une seconde, puis elle le fit tomber dans le sac, passa la bandoulière sur son épaule droite et sortit.

Dehors, le soleil était chaud, le ciel et la mer brillaient. Lullaby chercha des yeux les pigeons, mais ils avaient disparu. Au loin, très près de l'horizon, le voilier blanc bougeait lentement, penché sur la mer.

Lullaby sentit son cœur battre très fort. Il s'agitait et faisait du bruit dans sa poitrine. Pourquoi était-il dans cet état-là ? Peut-être que c'était toute la lumière du ciel qui l'enivrait. Lullaby s'arrêta contre la balustrade, en serrant très fort ses bras contre sa poitrine. Elle dit même entre ses dents, un peu en colère :

« Mais il m'embête, celui-là ! »

Puis elle se remit en route, en essayant de ne plus faire attention à lui.

Les gens allaient travailler. Ils roulaient vite dans leurs autos, le long de l'avenue, dans la direction du centre de la ville. Les vélomoteurs faisaient la course avec des bruits de roulements à billes. Dans les autos neuves aux vitres fermées, les gens avaient l'air pressé. Quand ils passaient, ils se retournaient un peu pour regarder Lullaby. Il y avait même des hommes qui

appuyaient à petits coups sur leur klaxon, mais Lullaby ne les regardait pas.

Elle aussi, elle marchait vite le long de l'avenue, sans faire de bruit sur ses semelles de crêpe. Elle allait dans la direction opposée, vers les collines et les rochers. Elle regardait la mer en plissant les yeux parce qu'elle n'avait pas pensé à prendre ses lunettes noires. Le voilier blanc semblait suivre la même route qu'elle, avec sa grande voile isocèle gonflée dans le vent. En marchant, Lullaby regardait la mer et le ciel bleus, la voile blanche, et les rochers du cap, et elle était bien contente d'avoir décidé de ne plus aller à l'école. Tout était si beau que c'était comme si l'école n'avait jamais existé.

Le vent soufflait dans ses cheveux et les emmêlait, un vent froid qui piquait ses yeux et rougissait la peau de ses joues et de ses mains. Lullaby pensait que c'était bien de marcher comme cela, au soleil et dans le vent, sans savoir où elle allait.

Quand elle sortit de la ville, elle arriva devant le chemin des contrebandiers. Le chemin commençait au milieu d'un bosquet de pins parasols, et descendait le long de la côte, jusqu'aux rochers. Ici, la mer était encore plus belle, intense, tout imprégnée de lumière.

Lullaby avançait sur le chemin des contrebandiers, et elle vit que la mer était plus forte. Les vagues courtes cognaient contre les rochers, lançaient une contre-lame, se creusaient, revenaient. La jeune fille s'arrêta dans les rochers pour écouter la mer. Elle connaissait bien son bruit, l'eau qui clapote et se déchire, puis se réunit en faisant exploser l'air, elle aimait bien cela, mais aujourd'hui, c'était comme si elle l'entendait pour la première fois. Il n'y avait rien d'autre que les rochers blancs, la mer, le vent, le soleil. C'était comme d'être sur un bateau, loin au large, là où vivent les thons et les dauphins.

Lullaby ne pensait même plus à l'école. La mer est comme cela : elle efface ces choses de la terre parce qu'elle est ce qu'il y a de plus important au monde. Le bleu, la lumière étaient immenses, le vent, les bruits violents et doux des vagues, et la mer ressemblait à un grand animal en train de remuer sa tête et de fouetter l'air avec sa queue.

Alors Lullaby était bien. Elle restait assise sur un rocher plat, au bord du chemin des contrebandiers, et elle regardait. Elle voyait l'horizon net, la ligne noire qui sépare la mer du ciel. Elle ne pensait plus du tout aux rues, aux maisons, aux voitures, aux motocyclettes.

Elle resta assez longtemps sur son rocher. Puis elle reprit sa marche le long du chemin. Il n'y avait plus de maisons, les dernières villas étaient derrière elle. Lullaby se retourna pour les regarder, et elle trouva qu'elles avaient un drôle d'air, avec leurs volets fermés sur leurs façades blanches, comme si elles dormaient. Ici il n'y avait plus de jardins. Entre la rocaille, des plantes grasses bizarres, des boules hérissées de piquants, des raquettes jaunes couvertes de cicatrices, des aloès, des ronces, des lianes. Personne ne vivait ici. Il y avait seulement les lézards qui couraient entre les blocs de rocher, et deux ou trois guêpes qui volaient au-dessus des herbes qui sentent le miel.

Le soleil brûlait avec force dans le ciel. Les rochers blancs étincelaient, et l'écume éblouissait comme la neige. On était heureux, ici, comme au bout du monde. On n'attendait plus rien, on n'avait plus besoin de personne. Lullaby regarda le cap qui grandissait devant elle, la falaise cassée à pic sur la mer. Le chemin des contrebandiers arrivait jusqu'à un bunker allemand, et il fallait descendre le long d'un boyau étroit, sous la terre. Dans le tunnel, l'air froid fit frissonner la jeune fille. L'air était humide et sombre comme à l'intérieur d'une grotte. Les murs de la forteresse sentaient le moisi et l'urine. De l'autre côté du tunnel, on débouchait sur une plate-forme de ciment entourée d'un mur bas. Un peu d'herbe poussait dans les fissures du sol.

Lullaby ferma les yeux, éblouie par la lumière. Elle était tout à fait en face de la mer et du vent.

Tout à coup, sur le mur de la plate-forme, elle aperçut les premiers signes. C'était écrit à la craie, en grandes lettres irrégulières qui disaient seulement :

« TROUVEZ-MOI »

Lullaby regarda un moment autour d'elle, puis elle dit, à mi-voix :

« Oui, mais qui êtes-vous ? »

Une grande sterne blanche passa au-dessus de la plate-forme en glapissant.

Lullaby haussa les épaules, et elle continua sa route. C'était plus difficile à présent, parce que le chemin des contrebandiers avait été détruit, peut-être pendant la dernière guerre, par ceux qui avaient construit le bunker. Il fallait escalader et sauter d'un rocher à l'autre, en s'aidant des mains pour ne pas glisser. La côte était de plus en plus escarpée, et tout en bas, Lullaby voyait l'eau profonde, couleur d'émeraude, qui cognait contre les rocs.

Heureusement, elle savait bien marcher dans les rochers, c'était même ce qu'elle savait le mieux. Il faut calculer très vite du regard, voir les bons passages, les rochers qui font des escaliers ou des tremplins, deviner les chemins qui vous conduisent vers le haut ; il faut éviter les culs-de-sac, les pierres friables, les crevasses, les buissons d'épines.

C'était peut-être un travail pour la classe de mathématiques. « Étant donné un rocher faisant un angle de 45° et un autre rocher distant de 2,50 m d'une touffe de genêts, où passera la tangente ? » Les rochers blancs ressemblaient à des pupitres, et Lullaby imagina la figure sévère de Mlle Lorti trônant au-dessus d'un grand rocher en forme de trapèze, le dos tourné à la mer. Mais ce n'était peut-être pas vraiment un problème pour la classe de mathématiques. Ici, il fallait avant tout calculer les centres de gravité. « Tracez une ligne perpendiculaire à l'horizontale pour indiquer clairement la direction », disait M. Filippi. Il était debout, en équilibre sur un rocher penché, et il souriait avec indulgence.

Ses cheveux blancs faisaient une couronne dans la lumière du soleil, et derrière ses lunettes de myope, ses yeux bleus brillaient bizarrement.

Lullaby était contente de découvrir que son corps trouvait aussi facilement la solution des problèmes. Elle se penchait en avant, en arrière, elle se balançait sur une jambe, puis elle sautait avec souplesse, et ses pieds atterrissaient exactement au point voulu.

« C'est très bien, très bien, mademoiselle », disait la voix de M. Filippi dans son oreille. « La physique est une science de la nature, ne l'oubliez jamais. Continuez comme cela, vous êtes sur la bonne voie. »

En effet, elle ne savait pas très bien où cela la conduisait. Pour reprendre son souffle, elle s'arrêta encore et elle regarda la mer, mais là aussi il y avait un problème, car il s'agissait de calculer l'angle de réfraction de la lumière du soleil sur la surface de l'eau.

« Je n'y arriverai jamais », pensait-elle.

« Voyons, mettez en application les lois de Descartes », disait la voix de M. Filippi dans son oreille.

Lullaby faisait un effort pour se souvenir.

« Le rayon réfracté... »

« … reste toujours dans le plan d'incidence », disait Lullaby.

Filippi :

« Bien. Deuxième loi ? »

« Quand l'angle d'incidence croît, l'angle de réfraction croît et le rapport des sinus de ces angles est constant. »

« Constant », disait la voix. « Donc ? »

« $\frac{\text{Sin } i}{\text{Sin } r}$ = Constante. »

« Indice de l'eau/air ? »

« 1,33 »

« Loi de Foucault ? »

« Indice d'un milieu par rapport à un autre est égal au rapport de la vitesse du premier milieu sur le second. »

« D'où ? »

« $N_{2/1} = \frac{v_1}{v_2}$ »

Mais les rayons du soleil jaillissaient sans cesse de la mer, et l'on passait si vite de l'état de réfraction à l'état de réflexion totale que Lullaby n'arrivait pas à faire des calculs. Elle pensa qu'elle écrirait plus tard à M. Filippi, pour lui demander.

Il faisait bien chaud. La jeune fille chercha un endroit où elle pourrait se baigner. Elle trouva un peu plus loin une minuscule crique où il y avait un embarcadère en ruine. Lullaby descendit jusqu'au bord de l'eau et elle enleva ses habits.

L'eau était très transparente, froide. Lullaby plongea sans hésiter, et elle sentit l'eau qui serrait les pores de sa peau. Elle nagea un long moment sous l'eau, les yeux ouverts. Puis elle s'assit sur le ciment de l'embarcadère pour se sécher. Maintenant, le soleil était dans son axe vertical, et la lumière ne se réverbérait plus. Elle brillait très fort à l'intérieur des gouttelettes accrochées à la peau de son ventre et sur les poils fins de ses cuisses.

L'eau glacée lui avait fait du bien. Elle avait lavé les idées dans sa tête, et la jeune fille ne pensait plus aux problèmes de tangentes ni aux indices absolus des corps. Elle avait envie d'écrire encore une lettre à son père. Elle chercha le bloc de papier par avion dans son sac, et elle commença à écrire avec le crayon à bille, tout à fait au bas de la page d'abord. Ses mains mouillées laissaient des traces sur la feuille.

« LLBY
t'embrasse
viens vite me voir là où je suis ! »

Puis elle écrivit au beau milieu de la feuille :

Peut-être que je fais un peu des bêtises.
« Il ne faut pas m'en vouloir. J'avais vraiment l'impression d'être dans une prison. Tu ne peux pas savoir. Enfin, si, peut-être que tu sais tout ça mais toi tu as le courage de rester, pas moi. Imagine tous ces murs partout, tellement de murs que tu ne pourrais pas les compter, avec des fils de fer barbelés, des grillages, des barreaux aux fenêtres ! Imagine la cour avec tous ces arbres que je déteste, des marronniers, des tilleuls, des platanes. Les platanes surtout sont affreux, ils perdent leur peau, on dirait qu'ils sont malades ! »

Un peu plus haut, elle écrivit :

« Tu sais, il y a tellement de choses que je voudrais. Il y a tellement, tellement, tellement de choses que je voudrais, je ne sais pas si je pourrais te les dire. Ce sont des choses qui manquent beaucoup ici, les choses que j'aimais bien voir autrefois. L'herbe verte, les fleurs, et les oiseaux, les rivières. Si tu étais là, tu pourrais m'en parler et je les verrais apparaître autour de moi, mais au lycée il n'y a personne qui sache parler de ces choses-là. Les filles sont bêtes à pleurer ! Les garçons sont niais ! Ils n'aiment que leurs motos et leurs blousons ! »

Elle remonta tout à fait en haut de la page.

« Bonjour, cher Ppa. Je t'écris sur une toute petite plage, elle est vraiment si petite que je crois que c'est une plage à une place, avec un embarcadère démoli sur lequel je suis assise (je viens de prendre un bon bain). La mer voudrait bien manger la petite plage, elle envoie des coups de langue jusqu'au fond, et pas moyen de rester sèche ! Il va y avoir beaucoup de taches d'eau de mer sur ma lettre, j'espère que ça te plaira. Je suis toute seule ici, mais je m'amuse bien. Je ne vais plus du tout au lycée maintenant, c'est décidé, terminé. Je n'irai plus jamais, même si on doit me mettre en prison. D'ailleurs ce ne serait pas pire. »

Il ne restait plus tellement d'espace libre sur la feuille de papier. Alors Lullaby s'amusa à boucher les trous les uns après les autres, en écrivant des mots, des bouts de phrase, au hasard :
« La mer est bleue »
« Soleil »
« Envoie orchidées blanches »
« La cabane en bois, dommage qu'elle ne soit pas là »
« Écris-moi »
« Il y a un bateau qui passe, où est-ce qu'il va ? »
« Je voudrais être sur une grande montagne »
« Dis-moi comment est la lumière chez toi »
« Parle-moi des pêcheurs de corail »
« Comment va Sloughi ? »

Elle ferma les derniers espaces blancs avec des mots :
« Algues »
« Miroir »
« Loin »
« Lucioles »
« Rallye »
« Balancier »
« Coriandre »
« Étoile »

Ensuite elle plia le papier et elle le glissa dans l'enveloppe, avec une feuille d'herbe qui sent le miel.

Quand elle remonta à travers les rochers, elle vit pour la deuxième fois les signes bizarres, écrits à la craie sur les rochers. Il y avait des flèches aussi, pour indiquer le chemin à suivre. Sur un grand rocher plat, elle lut :

« NE VOUS DÉCOURAGEZ PAS ! »

Et un peu plus loin :

« ÇA FINIT PEUT-ÊTRE EN QUEUE DE POISSON »

Lullaby regarda à nouveau autour d'elle, mais il n'y avait personne dans les rochers, aussi loin qu'on puisse voir. Alors elle continua sa route. Elle grimpa, elle redescendit, elle sauta par-dessus les fissures, et à la fin elle arriva au bout du cap, là où il y avait un plateau de pierres, et la maison grecque.

Lullaby s'arrêta, émerveillée. Jamais elle n'avait vu une aussi jolie maison. Elle était construite au milieu des rochers et des plantes grasses, face à la

mer, toute carrée et simple avec une véranda soutenue par six colonnes, et elle ressemblait à un temple en miniature. Elle était d'un blanc éblouissant, silencieuse, blottie contre la falaise abrupte qui l'abritait du vent et des regards.

Lullaby s'approcha lentement de la maison, le cœur battant très fort. Il n'y avait personne, et ça devait faire des années qu'elle était abandonnée, parce que les herbes et les lianes avaient envahi la véranda, et les volubilis s'étaient enroulés autour des colonnes.

ΧΑΡΙΣΜΑ

Lullaby lut le nom à voix haute, et elle pensait qu'aucune maison n'avait jamais eu un nom aussi beau.

Une clôture de grillage rouillé entourait la maison. Lullaby longea le grillage pour trouver une entrée. Elle arriva devant un endroit où le grillage était soulevé, et c'est par là qu'elle passa, à quatre pattes. Elle n'avait pas peur, tout était silencieux. Lullaby marcha dans le jardin jusqu'à l'escalier de la véranda, et elle s'arrêta devant la porte de la maison. Après une seconde d'hésitation, elle poussa la porte. L'intérieur de la maison était sombre, et il lui fallut attendre que ses yeux s'habituassent. Alors elle vit une seule pièce aux murs abîmés, dont le sol était jonché de débris, de vieux chiffons et de journaux. L'intérieur de la maison était froid. Les fenêtres n'avaient sans doute pas été ouvertes depuis des années. Lullaby essaya d'ouvrir les volets, mais ils étaient coincés. Quand ses yeux furent tout à fait habitués à la pénombre, Lullaby vit qu'elle n'était pas la seule à être entrée ici. Les murs étaient couverts de graffiti et de dessins obscènes. Cela la mit en colère, comme si la maison était vraiment à elle. Avec un chiffon, elle essaya d'effacer les graffiti. Puis elle ressortit sur la véranda, et elle tira si fort la porte que la poignée se brisa et qu'elle faillit tomber.

Mais au-dehors, la maison était belle. Lullaby s'assit sur la véranda, le dos appuyé contre une colonne, et elle regarda la mer devant elle. C'était bien, comme cela, avec seulement le bruit de l'eau et le vent qui soufflait entre les colonnes blanches. Entre les fûts bien droits, le ciel et la mer semblaient sans limites. On n'était plus sur la terre, ici, on n'avait plus de racines. La jeune fille respirait lentement, le dos bien droit et la nuque appuyée contre la colonne tiède, et chaque fois que l'air entrait dans ses poumons, c'était comme si elle s'élevait davantage dans le ciel pur, au-dessus du disque de la mer. L'horizon était un fil mince qui se courbait comme un arc, la lumière envoyait ses rayons rectilignes, et on était dans un autre monde, aux bords du prisme.

Lullaby entendit une voix qui venait dans le vent, qui parlait près de ses oreilles. Ce n'était plus la voix de M. Filippi maintenant, mais une voix très ancienne, qui avait traversé le ciel et la mer. La voix douce et un peu grave résonnait autour d'elle, dans la lumière chaude, et répétait son nom d'autrefois, le nom que son père lui avait donné un jour, avant qu'elle s'endorme.

« Ariel… Ariel… »

Très doucement d'abord, puis à voix de plus en plus haute, Lullaby chantait l'air qu'elle n'avait pas oublié, depuis tant d'années :

Where the bee sucks, there suck I ;
In the cowslip's bell I lie :
There I couch when the owls do cry.
On the bat's back I do fly
After summer merrily :
Merrily, merrily shall I live now,
Under the blossom that hangs on the bough.

Sa voix claire allait dans l'espace libre, la portait au-dessus de la mer. Elle voyait tout, au-delà des côtes brumeuses, au-delà des villes, des montagnes. Elle voyait la route large de la mer, où avancent les rangs des vagues, elle voyait tout jusqu'à l'autre rive, la longue bande de terre grise et sombre où croissent les forêts de cèdres, et plus loin encore, comme un mirage, la cime neigeuse du Kuhha-Ye Alborz.

Lullaby resta longtemps assise contre la colonne, à regarder la mer et à chanter pour elle-même les paroles de la chanson d'Ariel, et d'autres chansons que son père avait inventées. Elle resta jusqu'à ce que le soleil soit tout près du fil de l'horizon et que la mer soit devenue violette. Alors elle quitta la maison grecque, et elle reprit le chemin des contrebandiers dans la direction de la ville. Quand elle arriva du côté du bunker, elle aperçut un petit garçon qui revenait de la pêche. Il se retourna pour l'attendre.

« Bonsoir ! » dit Lullaby.

« Salut ! » dit le petit garçon.

Il avait un visage sérieux et ses yeux bleus étaient cachés par des lunettes. Il portait une longue gaule et un sac de pêche, et il avait noué ses chaussures autour de son cou pour marcher.

Ils firent le chemin ensemble, en parlant un peu. Quand ils arrivèrent au bout du chemin, comme il restait encore quelques minutes de jour, ils s'assirent dans les rochers pour regarder la mer. Le petit garçon enfila ses chaussures. Il raconta à Lullaby l'histoire de ses lunettes. Il dit qu'un jour, il y avait quelques années, il avait voulu regarder une éclipse de soleil et que depuis le soleil était resté marqué dans ses yeux.

Pendant ce temps, le soleil se couchait. Ils virent le phare s'allumer, puis les réverbères et les feux de position des avions. L'eau devenait noire. Alors, le petit garçon à lunettes se leva le premier. Il ramassa sa gaule et son sac et il fit un signe à Lullaby avant de s'en aller.

Quand il était déjà un peu loin, Lullaby lui cria :

« Fais-moi un dessin, demain ! »

Le petit garçon fit oui de la tête.

2

Ça faisait plusieurs jours maintenant que Lullaby allait du côté de la maison grecque. Elle aimait bien le moment où, après avoir sauté sur tous ces rochers, bien essoufflée d'avoir couru et grimpé partout, et un peu ivre de vent et de lumière, elle voyait surgir contre la paroi de la falaise la silhouette blanche, mystérieuse, qui ressemblait à un bateau amarré. Il faisait très beau ces jours-là, le ciel et la mer étaient bleus, et l'horizon était si pur qu'on voyait la crête des vagues. Quand Lullaby arrivait devant la maison, elle s'arrêtait, et son cœur battait plus vite et plus fort, et elle sentait une chaleur étrange dans les veines de son corps, parce qu'il y avait sûrement un secret dans cet endroit.

Le vent tombait d'un seul coup, et elle sentait toute la lumière du soleil qui l'enveloppait doucement, qui électrisait sa peau et ses cheveux. Elle respirait plus profondément, comme quand on va nager longtemps sous l'eau.

Lentement, elle faisait le tour du grillage, jusqu'à l'ouverture. Elle s'approchait de la maison, en regardant les six colonnes régulières blanches de lumière. À haute voix, elle lisait le mot magique écrit dans le plâtre du péristyle, et c'était peut-être à cause de lui qu'il y avait tant de paix et de lumière :

« Karisma… »

Le mot rayonnait à l'intérieur de son corps, comme s'il était écrit aussi en elle, et qu'il l'attendait. Lullaby s'asseyait sur le sol de la véranda, le dos appuyé contre la dernière colonne de droite, et elle regardait la mer.

Le soleil brûlait son visage. Les rayons de lumière sortaient d'elle, par ses doigts, par ses yeux, sa bouche, ses cheveux, ils rejoignaient les éclats des rochers et de la mer.

Il y avait le silence, surtout, un silence si grand et si fort que Lullaby avait l'impression qu'elle allait mourir. Très vite, la vie se retirait d'elle et partait, s'en allait dans le ciel et dans la mer. C'était difficile à comprendre, mais Lullaby était certaine que c'était comme cela, la mort. Son

corps restait où il était, dans la position assise, le dos appuyé contre la colonne blanche, tout enveloppé de chaleur et de lumière. Mais les mouvements s'en allaient, se dissolvaient devant elle. Elle ne pouvait pas les retenir. Elle sentait tout ce qui la quittait, s'éloignait d'elle à grande vitesse comme des vols d'étourneaux, comme des trombes de poussière. C'étaient tous les mouvements de ses bras et de ses jambes, les tremblements intérieurs, les frissons, les sursauts. Cela partait vite, en avant, lancé dans l'espace vers la lumière et la mer. Mais c'était agréable, et Lullaby ne résistait pas. Elle ne fermait pas les yeux. Les pupilles agrandies, elle regardait droit devant elle, sans ciller, toujours le même point sur le mince fil de l'horizon, là où il y avait le pli entre le ciel et la mer.

La respiration devenait de plus en plus lente, et dans sa poitrine, le cœur espaçait ses coups, lentement, lentement. Il n'y avait presque plus de mouvements, presque plus de vie en elle, seulement son regard qui s'élargissait, qui se mêlait à l'espace comme un faisceau de lumière. Lullaby sentait son corps s'ouvrir, très doucement, comme une porte, et elle attendait de rejoindre la mer. Elle savait qu'elle allait voir cela, bientôt, alors elle ne pensait à rien, elle ne voulait rien d'autre. Son corps resterait loin en arrière, il serait pareil aux colonnes blanches et aux murs couverts de plâtre, immobile, silencieux. C'était cela, le secret de la maison. C'était l'arrivée vers le haut de la mer, tout à fait au sommet du grand mur bleu, à l'endroit où l'on va enfin voir ce qu'il y a de l'autre côté. Le regard de Lullaby était étendu, il planait sur l'air, la lumière, au-dessus de l'eau.

Son corps ne devenait pas froid, comme sont les morts dans leurs chambres. La lumière continuait à entrer, jusqu'au fond des organes, jusqu'à l'intérieur des os, et elle vivait à la même température que l'air, comme les lézards.

Lullaby était pareille à un nuage, à un gaz, elle se mélangeait à ce qui l'entourait. Elle était pareille à l'odeur des pins chauffés par le soleil, sur les collines, pareille à l'odeur de l'herbe qui sent le miel. Elle était l'embrun des vagues où brille l'arc-en-ciel rapide. Elle était le vent, le souffle froid qui vient de la mer, le souffle chaud comme une haleine qui vient de la terre fermentée au pied des buissons. Elle était le sel, le sel qui brille comme le givre sur les vieux rochers, ou bien le sel de la mer, le sel lourd et âcre des ravins sous-marins. Il n'y avait plus une seule Lullaby

assise sur la véranda d'une vieille maison pseudo-grecque en ruine. Elles étaient aussi nombreuses que les étincelles de lumière sur les vagues.

Lullaby voyait avec tous ses yeux, de toutes parts. Elle voyait des choses qu'elle n'aurait pu imaginer autrefois. Des choses très petites, des cachettes d'insectes, des galeries de vers. Elle voyait les feuilles des plantes grasses, les racines. Elle voyait des choses très grandes, l'envers des nuages, les astres derrière l'écran du ciel, les calottes polaires, les immenses vallées et les pics infinis des profondeurs de la mer. Elle voyait tout cela au même instant, et chaque regard durait des mois, des années. Mais elle voyait sans comprendre, parce que c'étaient les mouvements de son corps, séparés, qui parcouraient l'espace au-devant d'elle.

C'était comme si elle pouvait enfin, après la mort, examiner les lois qui forment le monde. C'étaient des lois étranges qui ne ressemblaient pas du tout à celles qui sont écrites dans les livres et qu'on apprenait par cœur à l'école. Il y avait la loi de l'horizon qui attire le corps, une loi très longue et très mince, un seul trait dur qui unissait les deux sphères mobiles du ciel et de la mer. Là-bas, tout naissait, se multipliait, en formant des vols de chiffres et de signes qui obscurcissaient le soleil et s'éloignaient vers l'inconnu. Il y avait la loi de la mer, sans commencement ni fin, où se brisaient les rayons de la lumière. Il y avait la loi du ciel, la loi du vent, la loi du soleil, mais on ne pouvait pas les comprendre, parce que leurs signes n'appartenaient pas aux hommes.

Plus tard, quand Lullaby se réveillait, elle essayait de se souvenir de ce qu'elle avait vu. Elle aurait bien voulu pouvoir écrire tout cela à M. Filippi, parce que lui, peut-être, aurait compris ce que voulaient dire tous ces chiffres et tous ces signes. Mais elle ne trouvait que des bribes de phrases, qu'elle répétait plusieurs fois à voix haute :

« Là où on boit la mer »

« Les points d'appui de l'horizon »

« Les roues (ou les routes) de la mer »

et elle haussait les épaules, parce que cela ne voulait pas dire grand-chose.

Ensuite Lullaby quittait son poste, elle sortait du jardin de la maison grecque et elle descendait vers la mer. Le vent revenait d'un seul coup, secouait durement ses cheveux et ses habits, comme pour tout remettre en ordre.

Lullaby aimait bien ce vent-là. Elle voulait lui

donner des choses, parce que le vent a besoin de manger souvent, des feuilles, des poussières, les chapeaux des messieurs ou bien les petites gouttes qu'il arrache à la mer et aux nuages.

Lullaby s'asseyait dans un creux de rocher, si près de l'eau que les vagues venaient lécher ses pieds. Le soleil brûlait au-dessus de la mer, il l'éblouissait en se réverbérant sur les côtés des vagues.

Il n'y avait absolument personne d'autre que le soleil, le vent et la mer, et Lullaby prenait dans son sac le paquet de lettres. Elle les tirait une à une en écartant l'élastique, et elle lisait quelques mots, quelques formules, au hasard. Quelquefois elle ne comprenait pas, et elle relisait à haute voix pour que ce soit plus vrai.

« … Les tissus rouges qui flottent comme des drapeaux… »

« Les narcisses jaunes sur mon bureau, tout près de ma fenêtre, tu les vois, Ariel ? »

« J'entends ta voix, tu parles dans l'air… »

« … Ariel, air d'Ariel… »

« C'est pour toi, pour que tu te souviennes toujours »

Lullaby jetait les feuilles de papier dans le vent. Elles partaient vite avec un bruit de déchirure, elles volaient un instant au-dessus de la mer, en titubant comme des papillons dans la bourrasque. C'étaient des feuilles de papier-avion un peu bleues, puis elles disparaissaient d'un seul coup dans la mer. C'était bien de lancer ces feuilles de papier dans le vent, d'éparpiller ces mots, et Lullaby regardait le vent les manger avec joie.

Elle avait envie de faire du feu. Elle chercha dans les rochers un endroit où le vent ne soufflerait pas trop fort. Un peu plus loin, elle trouva la petite crique avec l'embarcadère en ruine, et c'est là qu'elle s'installa.

C'était un bon endroit pour faire du feu. Les rochers blancs entouraient l'embarcadère, et les rafales du vent n'arrivaient pas jusque-là. À la base du rocher, il y avait un creux bien sec et chaud, et tout de suite les flammes s'élevèrent, légères, pâles, avec un froissement doux. Lullaby donnait sans cesse de nouvelles feuilles de papier. Elles s'allumaient d'un seul coup, parce qu'elles étaient très sèches et minces et elles se consumaient vite.

C'était bien, de voir les pages bleues se tordre dans les flammes, et les mots s'enfuir comme à reculons, on ne sait où. Lullaby pensait que son père aurait bien aimé être là pour voir brûler ses lettres, parce qu'il n'écrivait pas des mots pour que ça reste. Il le lui avait dit, un jour, sur la plage, et il avait mis une lettre dans une vieille bouteille bleue, pour la jeter très loin dans la mer. Il avait écrit les mots seulement pour elle, pour qu'elle les lise et qu'elle entende le bruit de sa voix, et maintenant, les mots pouvaient retourner vers l'endroit d'où ils étaient venus, comme cela, vite, en lumière et fumée, dans l'air, et devenir invisibles. Peut-être que quelqu'un, de l'autre côté de la mer verrait la petite fumée et la flamme qui brillait comme un miroir, et il comprendrait.

Lullaby alimenta le feu avec de petits bouts de bois, des brindilles, des algues sèches, pour faire durer les flammes. Il y avait toutes sortes d'odeurs qui fuyaient dans l'air, l'odeur légère et un peu sucrée du papier-avion, l'odeur forte du carton et du bois, la fumée lourde des algues.

Lullaby regardait les mots qui partaient vite, si vite qu'ils traversaient la pensée comme des éclairs. De temps en temps, elle les reconnaissait au passage, ou bien déformés et bizarres, tordus par le feu, et elle riait un peu :

« pluuuie ! »
« navre ! »
« eeeelan »
« étététété ! »
« Awiel, iel, eeel… »

Tout à coup, elle sentit une présence derrière elle, et elle se retourna. C'était le petit garçon à lunettes qui la regardait, debout sur un rocher au-dessus d'elle. Il avait toujours sa gaule à la main et ses chaussures nouées autour de son cou.

« Pourquoi vous brûlez des papiers ? » demanda-t-il.

Lullaby lui sourit.

« Parce que c'est amusant », dit-elle. « Regarde ! »

Elle mit le feu à une grande page bleue sur laquelle était dessiné un arbre.

« Ça brûle bien », dit le petit garçon.

« Tu vois, elles avaient très envie de brûler », expliqua Lullaby. « Elles attendaient ça depuis longtemps, elles étaient sèches comme des feuilles mortes, c'est pour ça qu'elles brûlent si bien. »

Le petit garçon à lunettes déposa sa gaule et il alla chercher des brindilles pour le feu. Ils s'amusèrent un bon moment à brûler tout ce qu'ils pouvaient. Les mains de Lullaby étaient noircies par la fumée, et ses yeux piquaient. Tous les deux, ils étaient bien fatigués et essoufflés d'avoir servi le feu. Maintenant, le feu semblait un peu fatigué, lui aussi. Ses flammes étaient plus courtes, et les brindilles et les papiers s'éteignaient les uns après les autres.

« Le feu va s'éteindre », dit le petit garçon en essuyant ses lunettes.

« C'est parce qu'il n'y a plus de lettres. C'était ça qu'il voulait. »

Le petit garçon sortit de sa poche une feuille de papier pliée en quatre.

« Qu'est-ce que c'est ? » demanda Lullaby. Elle prit la feuille et l'ouvrit. C'était un dessin qui représentait une femme au visage noir. Lullaby reconnut son chandail vert.

« C'est mon dessin ? »

« Je l'ai fait pour vous », dit le petit garçon. « Mais on peut le brûler. »

Mais Lullaby replia le dessin et regarda le feu s'éteindre.

« Vous ne voulez pas le brûler maintenant ? » demanda le petit garçon.

« Non, pas aujourd'hui », dit Lullaby.

Après le feu, c'était la fumée qui s'éteignait. Le vent soufflait sur les cendres.

« Je le brûlerai quand je l'aimerai beaucoup », dit Lullaby.

Ils restèrent longtemps assis sur l'embarcadère, à regarder la mer, presque sans parler. Le vent passait sur la mer, en soulevant les gouttes d'embrun qui piquaient leur visage. C'était comme d'être assis à la proue d'un bateau, au large. On n'entendait rien d'autre que le bruit des vagues et le sifflement allongé du vent.

Quand le soleil fut à sa place de midi, le petit garçon à lunettes se leva et ramassa sa gaule et ses chaussures.

« Je m'en vais », dit-il.

« Tu ne veux pas rester ? »

« Je ne peux pas, je dois rentrer. »

Lullaby se leva, elle aussi.

« Vous allez rester ici ? » demanda le petit garçon.

« Non, je vais voir par là, plus loin. »

Elle montra les rochers, au bout du cap.

« Là-bas, il y a une autre maison, mais elle est beaucoup plus grande, on dirait un théâtre. » Le petit garçon expliquait à Lullaby. « Il faut escalader les rochers, et puis on peut entrer, par en bas. »

« Tu y es déjà allé ? »

« Oui, souvent. C'est beau, mais c'est difficile pour y arriver. »

Le petit garçon à lunettes mit les chaussures autour de son cou et il s'éloigna vite.

« Au revoir ! » dit Lullaby.

« Salut ! » dit le petit garçon.

Lullaby marcha vers la pointe du cap. Elle courait presque, sautant d'un rocher à l'autre. Il n'y avait plus de chemin, par ici. Il fallait escalader les rochers, en s'agrippant aux racines de bruyère et aux herbes. On était loin, perdu au milieu des pierres blanches, suspendu entre le ciel et la mer. Malgré le froid du vent, Lullaby sentait la brûlure du soleil. Elle transpirait sous ses habits. Son sac la gênait, et elle décida de le cacher quelque part, pour le prendre plus tard. Elle l'enfouit dans un creux de terre, au pied d'un gros aloès. Elle ferma la cachette en poussant deux ou trois cailloux.

Au-dessus d'elle, maintenant, il y avait l'étrange maison en ciment dont avait parlé le petit garçon. Pour y arriver, il fallait monter le long d'un éboulis. La ruine blanche brillait dans la lumière du soleil. Lullaby hésita un instant, parce que tout était tellement étrange et silencieux dans cet endroit. Au-dessus de la mer, accrochés à la paroi rocheuse, les longs murs de ciment n'avaient pas de fenêtres.

Un oiseau de mer fit des cercles au-dessus de la ruine, et Lullaby eut soudain très envie d'être là-haut. Elle commença à grimper le long de l'éboulis. Les arêtes des cailloux écorchaient ses mains et ses genoux, et de petites avalanches glissaient derrière elle. Quand elle arriva tout en haut, elle se retourna pour regarder la mer, et elle dut fermer les yeux pour ne pas sentir le vertige. Au-dessous d'elle, si loin qu'on regardât, il n'y avait que cela : la mer. Immense, bleue, la mer emplissait l'espace jusqu'à l'horizon agrandi, et c'était comme un toit sans fin, un dôme géant fait de métal sombre, où bougeaient toutes les rides des vagues. Par endroits, le soleil s'allumait sur elle, et Lullaby voyait les taches et les chemins obscurs des courants, les forêts d'algues, les traces de l'écume. Le vent balayait sans arrêt la mer, lissait sa surface.

Lullaby ouvrit les yeux et regarda tout, en s'accrochant aux rochers avec ses ongles. La mer était si belle qu'il lui semblait qu'elle traversait sa tête et son corps à toute vitesse, qu'elle bousculait des milliers de pensées à la fois.

Lentement, avec précaution, Lullaby s'approcha de la ruine. C'était bien ce qu'avait dit le petit garçon à lunettes, une sorte de théâtre, fait de grands murs de ciment armé. Entre les hauts murs, la végétation poussait, des ronces et des lianes qui recouvraient complètement le sol. Sur les murs, il y avait un toit de dalles de béton, effondré par endroits. Le vent de la mer s'engouffrait par les ouvertures, de chaque côté de l'édifice, avec des rafales brutales qui mettaient en mouvement les morceaux de fer de l'armature du toit. Les lames s'entrechoquaient en faisant une musique étrange, et Lullaby resta immobile pour l'écouter. C'était comme les cris des sternes et comme le murmure des vagues, une drôle de musique irréelle et sans rythme qui vous faisait frissonner. Lullaby se remit en marche. Le long du mur extérieur, il y avait un chemin étroit qui franchissait la broussaille, et qui conduisait jusqu'à un escalier à moitié démoli. Lullaby monta les marches de l'escalier, et elle arriva jusqu'à une plate-forme, sous le toit, d'où on voyait la mer par une brèche. C'est là que Lullaby s'assit, tout à fait en face de l'horizon, au soleil, et elle regarda encore la mer. Puis elle ferma les yeux.

Tout à coup, elle tressaillit, parce qu'elle avait

senti que quelqu'un arrivait. Il n'y avait pas d'autre bruit que le vent agitant les lames de fer du toit, et pourtant elle avait senti le danger. À l'autre bout de la ruine, sur le chemin au milieu des ronces, quelqu'un arrivait, en effet. C'était un homme vêtu d'un pantalon de toile bleue et d'un blouson, au visage noirci par le soleil, aux cheveux hirsutes. Il marchait sans faire de bruit, en s'arrêtant de temps en temps, comme s'il cherchait quelque chose. Lullaby resta immobile contre le mur, le cœur battant, espérant qu'il ne l'avait pas vue. Sans comprendre bien pourquoi, elle savait que l'homme la cherchait, et elle retint sa respiration, pour qu'il ne l'entende pas. Mais quand l'homme fut à la moitié du chemin, il releva la tête tranquillement et il regarda la jeune fille. Ses yeux verts brillaient bizarrement dans son visage sombre. Puis, sans se presser, il recommença à marcher vers l'escalier. C'était trop tard pour redescendre ; d'un bond, Lullaby sortit par la brèche et grimpa sur le toit. Le vent soufflait si fort qu'elle faillit tomber. Aussi vite qu'elle put, elle se mit à courir vers l'autre bout du toit, et elle entendit le bruit de ses pieds qui résonnaient dans la grande salle en ruine. Son cœur cognait très fort dans sa poitrine. Quand elle arriva au bout du

toit, elle s'arrêta : devant elle, il y avait un grand fossé qui la séparait de la paroi de la falaise. Elle écouta autour d'elle. Il n'y avait toujours que le bruit du vent dans les lames de fer du toit, mais elle savait que l'inconnu n'était pas loin ; il courait sur le chemin au milieu des ronces pour faire le tour de la ruine et la prendre à revers. Alors Lullaby sauta. En tombant sur la pente de la falaise, sa cheville gauche se tordit, et elle sentit une douleur ; elle cria seulement :

« Ah ! »

L'homme surgit devant elle, sans qu'elle puisse comprendre d'où il sortait. Ses mains étaient griffées par les ronces et il soufflait un peu. Il restait immobile devant elle, ses yeux verts durcis comme de petits morceaux de verre. Était-ce lui qui avait écrit les messages à la craie sur les rochers, tout le long du chemin ? Ou bien il était entré dans la belle maison grecque, et il avait sali les murs avec toutes ces inscriptions obscènes. Il était si près de Lullaby qu'elle sentait son odeur, une odeur fade et aigre de sueur qui avait imprégné ses habits et ses cheveux. Tout à coup, il fit un pas en avant, la bouche ouverte, les yeux un peu rétrécis. Malgré la douleur dans sa cheville,

Lullaby bondit et commença à dévaler la pente, au milieu d'une avalanche de cailloux. Quand elle arriva au bas de la falaise, elle s'arrêta et se retourna. Devant les murs blancs de la ruine, l'homme était resté debout, les bras écartés, comme en équilibre.

Le soleil frappait fort sur la mer, et grâce au vent froid, Lullaby sentit que ses forces revenaient. Elle sentit aussi le dégoût, et la colère, qui remplaçaient peu à peu la crainte. Puis soudain, elle comprit que rien ne pourrait lui arriver, jamais. C'était le vent, la mer, le soleil. Elle se souvint de ce que son père lui avait dit, un jour, à propos du vent, de la mer, du soleil, une longue phrase qui parlait de liberté et d'espace, quelque chose comme cela. Lullaby s'arrêta sur un rocher en forme d'étrave, au-dessus de la mer, et elle renversa sa tête en arrière pour mieux sentir la chaleur de la lumière sur son front et sur ses paupières. C'était son père qui lui avait appris à faire cela, pour retrouver ses forces, il appelait cela « boire le soleil ».

Lullaby regarda la mer qui se balançait sous elle, qui cognait la base du roc, en faisant ses remous et ses nuées de bulles filantes. Elle se laissa tomber, la tête la première, et elle entra dans la vague. L'eau froide l'enveloppa en pressant sur ses tympans et sur ses narines, et elle vit dans ses yeux une lueur éblouissante. Quand elle remonta à la surface, elle secoua ses cheveux et elle poussa un cri. Loin derrière elle, pareille à un immense cargo gris, la terre oscillait, chargée de pierres et de plantes. Au sommet, la maison blanche en ruine ressemblait à une passerelle ouverte sur le ciel.

Lullaby se laissa porter un instant dans le mouvement lent des vagues, et ses habits collèrent à sa peau comme des algues. Puis elle commença à nager un crawl très long, vers le large, jusqu'à ce que le cap s'écarte et laisse voir au loin, à peine visible dans la brume de chaleur, la ligne pâle des immeubles de la ville.

3

Ça ne pouvait pas durer toujours. Lullaby le savait bien. D'abord il y avait tous ces gens, à l'école, et dans la rue. Ils racontaient des choses, ils parlaient trop. Il y avait même des filles qui arrêtaient Lullaby pour lui dire qu'elle exagérait un peu, que la directrice et tout le monde savait bien qu'elle n'était pas malade. Et puis il y avait ces lettres qui demandaient des explications. Lullaby avait ouvert les lettres, et elle avait répondu en signant du nom de sa mère ; elle avait même téléphoné un jour au bureau du censeur en contrefaisant sa voix pour expliquer que sa fille était malade, très malade, et qu'elle ne pouvait pas reprendre les cours.

Mais ça ne pouvait pas durer, pensait Lullaby. Ensuite il y avait M. Filippi qui avait écrit une lettre, pas très longue, une lettre bizarre pour lui demander de revenir. Lullaby avait mis la lettre dans la poche de son blouson, et elle la portait toujours sur elle. Elle aurait bien voulu répondre à M. Filippi, pour lui expliquer, mais elle avait peur que la directrice ne lise la lettre et qu'elle sache que Lullaby n'était pas malade, mais qu'elle se promenait.

Le matin, il faisait un temps extraordinaire, quand Lullaby sortit de l'appartement. Sa mère dormait encore, à cause des pilules qu'elle prenait chaque soir, depuis son accident. Lullaby entra dans la rue, et elle fut éblouie par la lumière.

Le ciel était presque blanc, la mer étincelait. Comme les autres jours, Lullaby prit le chemin des contrebandiers. Les rochers blancs semblaient des icebergs debout sur l'eau. Un peu penchée en avant contre le vent, Lullaby marcha un moment le long de la côte. Mais elle n'osait plus aller jusqu'à la plate-forme de ciment, de l'autre côté du bunker. Elle aurait bien voulu revoir la belle maison grecque aux six colonnes, pour s'asseoir et se laisser emporter jusqu'au centre de la mer. Mais elle avait peur de rencontrer l'homme aux cheveux hirsutes qui écrivait sur les murs et sur les rochers. Alors elle s'assit sur une pierre, au bord du chemin, et elle essaya d'imaginer la maison. Elle était toute petite et blottie contre la falaise, ses volets et sa porte fermés. Peut-être que désormais plus personne n'y entrerait. Au-dessus des colonnes, sur le chapiteau triangulaire, son nom était éclairé par le soleil, il disait toujours :

ΧΑΡΙΣΜΑ

car c'était le mot le plus beau du monde.

Appuyée contre le rocher, Lullaby regarda encore une fois, très longtemps, la mer, comme si elle ne devait pas la revoir. Jusqu'à l'horizon, les vagues serrées bougeaient. La lumière scintillait sur leurs crêtes, comme du verre pilé. Le vent salé soufflait. La mer mugissait entre les pointes des rochers, les branches des arbustes sifflaient. Lullaby se laissa gagner encore une fois par l'ivresse étrange de la mer et du ciel vide. Puis, vers midi, elle tourna le dos à la mer et elle rejoignit en courant la route qui conduisait vers le centre-ville.

Dans les rues, le vent n'était pas le même. Il tournait sur lui-même, il passait en rafales qui claquaient les volets et soulevaient des nuages de poussière. Les gens n'aimaient pas le vent. Ils traversaient les rues en hâte, s'abritaient dans les coins de murs.

Le vent et la sécheresse avaient tout chargé d'électricité. Les hommes sautillaient nerveusement, s'interpellaient, se heurtaient, et quelquefois sur la chaussée noire deux autos s'emboutissaient en faisant de grands bruits de ferraille et de klaxon coincé.

Lullaby marchait dans les rues à grandes enjambées, les yeux à moitié fermés à cause de la poussière. Quand elle arriva au centre-ville, sa tête tournait comme prise par le vertige. La foule allait et venait, tourbillonnait comme les feuilles mortes. Les groupes d'hommes et de femmes s'aggloméraient, se dispersaient, se reformaient plus loin, comme la limaille de fer dans un champ magnétique. Où allaient-ils ? Que voulaient-ils ? Il y avait si longtemps que Lullaby n'avait vu tant de visages, d'yeux, de mains, qu'elle ne parvenait pas à comprendre. Le mouvement lent de la foule, le long des trottoirs, la prenait, la poussait en avant sans qu'elle sache où elle allait. Les gens passaient tout près d'elle, et elle sentait leur haleine, le frôlement de leurs mains. Un homme se pencha contre son visage et murmura quelque chose, mais c'était comme s'il parlait dans une langue inconnue.

Sans même s'en rendre compte, Lullaby entra dans un grand magasin, plein de lumière et de bruit. C'était comme si le vent soufflait aussi à l'intérieur, le long des allées, dans les escaliers, en faisant tournoyer les grandes pancartes. Les poignées des portes envoyaient des décharges électriques, les barres de néon luisaient comme des éclairs pâles.

Lullaby chercha la sortie du magasin, presque en courant. Quand elle passa devant la porte, elle heurta quelqu'un et elle murmura :

« Pardon, madame »

mais c'était seulement un grand mannequin de matière plastique, vêtu d'une cape de loden vert. Les bras écartés du mannequin vibraient un peu, et son visage pointu, couleur de cire, ressemblait à celui de la directrice. À cause du choc, la perruque noire du mannequin avait glissé de travers et tombait sur son œil aux cils pareils à des pattes d'insecte, et Lullaby se mit à rire et à frissonner en même temps.

Elle se sentait très fatiguée maintenant, vide. C'était peut-être parce qu'elle n'avait rien mangé depuis la veille, et elle entra dans un café.

Elle s'assit au fond de la salle, là où il y avait un peu d'ombre. Le garçon de café était debout devant elle.

« Je voudrais une omelette », dit Lullaby.

Le garçon la regarda un instant, comme s'il ne comprenait pas. Puis il cria vers le comptoir :

« Une omelette pour la demoiselle ! »

Il continua à la regarder.

Lullaby prit une feuille de papier dans la poche de son blouson et elle essaya d'écrire. Elle voulait écrire une longue lettre, mais elle ne savait pas à qui l'envoyer. Elle voulait écrire à la fois à son père, à sœur Laurence, à M. Filippi, et au petit garçon à lunettes pour le remercier de son dessin. Mais ça n'allait pas. Alors elle froissa la feuille de papier, en prit une autre. Elle commença :

« Madame la Directrice,

Veuillez excuser ma fille de ne pouvoir reprendre les cours actuellement, car son état de santé demande »

Elle s'arrêta encore. Demande quoi ? Elle n'arrivait pas à penser à quoi que ce soit.

« L'omelette de la demoiselle », dit la voix du

garçon de café. Il posait l'assiette sur la table et regardait Lullaby d'un air bizarre.

Lullaby froissa la deuxième feuille de papier et elle commença à manger l'omelette, sans relever la tête. La nourriture chaude lui fit du bien, et elle put se lever bientôt et marcher.

Quand elle arriva devant la porte du Lycée, elle hésita quelques secondes.

Elle entra. La rumeur des voix d'enfants l'enveloppa d'un seul coup. Elle reconnut tout de suite chaque marronnier, chaque platane. Leurs branches maigres étaient agitées par les bourrasques, et leurs feuilles tournoyaient dans la cour. Elle reconnut aussi chaque brique, chaque banc de matière plastique bleue, chacune des fenêtres en verre dépoli. Pour éviter les enfants qui couraient, elle alla s'asseoir sur un banc, au fond de la cour. Elle attendit. Personne ne semblait faire attention à elle.

Puis la rumeur décrut. Les groupes d'élèves entraient dans les salles de classe, les portes se fermaient les unes après les autres. Bientôt il ne resta plus que les arbres secoués par le vent, et la poussière et les feuilles mortes qui dansaient en rond au milieu de la cour.

Lullaby avait froid. Elle se leva, et elle se mit à

chercher M. Filippi. Elle ouvrit les portes du bâtiment préfabriqué, là où il y avait les laboratoires. Chaque fois, elle surprenait une phrase qui restait suspendue dans l'air, puis qui repartait quand elle refermait la porte.

Lullaby traversa à nouveau la cour et elle frappa à la porte vitrée du concierge.

« Je voudrais voir M. Filippi », dit-elle.

L'homme la regarda avec étonnement.

« Il n'est pas encore arrivé », dit-il ; il réfléchit un peu. « Mais je crois que la directrice vous cherche. Venez avec moi. »

Lullaby suivit docilement le concierge. Il s'arrêta devant une porte vernie et il frappa. Puis il ouvrit la porte et il fit signe à Lullaby d'entrer.

Derrière son bureau, la directrice la regarda avec des yeux perçants.

« Entrez et asseyez-vous. Je vous écoute. »

Lullaby s'assit sur la chaise et regarda le bureau ciré. Le silence était si menaçant qu'elle voulut dire quelque chose.

« Je voudrais voir M. Filippi », dit-elle. « Il m'a écrit une lettre. »

La directrice l'interrompit. Sa voix était froide et dure, comme son regard.

« Je sais. Il vous a écrit. Moi aussi. Il ne s'agit pas de ça, mais de vous. Où étiez-vous ? Vous avez sûrement des choses… intéressantes à raconter. Alors, je vous écoute, mademoiselle. »

Lullaby évita son regard.

« Ma mère… », commença-t-elle.

La directrice cria presque.

« Votre mère sera mise au courant de tout ceci plus tard, et votre père aussi, naturellement. »

Elle montra une feuille de papier que Lullaby reconnut aussitôt.

« Et de cette lettre, qui est un faux ! »

Lullaby ne nia pas. Elle ne s'étonna même pas.

« Je vous écoute », répéta la directrice. L'indifférence de Lullaby semblait la mettre peu à peu hors d'elle. C'était peut-être aussi la faute du vent, qui avait rendu tout électrique.

« Où étiez-vous, pendant tout ce temps ? »

Lullaby parla. Elle parla lentement, en cherchant un peu ses mots, parce qu'elle n'avait plus tellement l'habitude maintenant, et tandis qu'elle parlait, elle voyait devant elle, à la place de la directrice, la maison à colonnes blanches, les rochers, et le beau nom grec qui brillait dans le soleil. C'était tout cela qu'elle essayait de raconter à la directrice, la mer bleue avec les reflets comme des diamants, le bruit profond des vagues, l'horizon comme un fil noir, le vent salé où planent les sternes. La directrice écoutait, et son visage prit pendant un instant une expression de stupéfaction intense. Ainsi, elle ressemblait tout à fait au mannequin avec sa perruque noire de travers, et Lullaby dut faire des efforts pour ne pas sourire. Quand elle s'arrêta de parler, il y eut quelques secondes de silence. Puis le visage de la directrice changea encore, comme si elle cherchait sa voix. Lullaby fut étonnée d'entendre son timbre. Ce n'était plus du tout la même voix, c'était devenu plus grave et plus doux.

« Écoutez, mon enfant », dit la directrice.

Elle se pencha sur son bureau ciré en regardant Lullaby. Sa main droite tenait un stylo noir cerclé d'un fil d'or.

« Mon enfant, je suis prête à oublier tout cela. Vous pourrez retourner en classe comme avant. Mais vous devez me dire... »

Elle hésita.

« Vous comprenez, je veux votre bien. Il faut me dire toute la vérité. »

Lullaby ne répondit pas. Elle ne comprenait pas ce que voulait dire la directrice.

« Vous pouvez me parler sans crainte, tout restera entre nous. »

Comme Lullaby ne répondait toujours pas, la directrice dit très vite, à voix presque basse :

« Vous avez un petit ami, n'est-ce pas ? »

Lullaby voulut protester, mais la directrice l'empêcha de parler.

« Inutile de nier, certaines – certaines de vos camarades vous ont vue avec un garçon. »

« Mais c'est faux ! » dit Lullaby ; elle n'avait pas crié, mais la directrice fit comme si elle avait crié, et elle dit très fort :

« Je veux savoir son nom ! »

« Je n'ai pas de petit ami », dit Lullaby. Elle comprit tout d'un coup pourquoi le visage de la directrice avait changé ; c'était parce qu'elle mentait. Alors, elle sentit son propre visage qui devenait comme une pierre, froid et lisse, et elle regarda la directrice droit dans ses yeux, parce que maintenant, elle ne la craignait plus.

La directrice se troubla, et dut détourner son regard. Elle dit d'abord, avec une voix douce, presque tendre.

« Il faut me dire la vérité, mon enfant, c'est pour votre bien. »

Puis son timbre redevint dur et méchant.

« Je veux savoir le nom de ce garçon ! »

Lullaby sentit la colère grandir en elle. C'était très froid et très lourd comme la pierre, et cela s'installait dans ses poumons, dans sa gorge ; son cœur se mit à battre très vite, comme lorsqu'elle avait vu les phrases obscènes sur les murs de la maison grecque.

« Je ne connais pas de garçon, c'est faux, c'est faux ! » cria-t-elle ; et elle voulut se lever pour s'en aller. Mais la directrice fit un geste pour la retenir.

« Restez, restez, ne partez pas ! » Sa voix était à nouveau plus basse, un peu cassée. « Je ne dis pas cela pour vous – c'est pour votre bien, mon enfant, c'est seulement pour vous aider, il faut que vous compreniez – je veux dire – »

Elle lâcha le petit stylo noir à bout doré et elle joignit nerveusement ses mains maigres. Lullaby se rassit et ne bougea plus. Elle respirait à peine, et son visage était devenu tout à fait blanc, comme un masque de pierre. Elle se sentait faible, peut-être parce qu'elle avait si peu mangé et dormi, tous ces jours, au bord de la mer.

« C'est mon devoir de vous protéger contre les dangers de la vie », dit la directrice. « Vous ne pouvez pas savoir, vous êtes trop jeune, M. Filippi m'a parlé de vous en termes très élogieux, vous êtes un bon élément, et je ne voudrais pas que – qu'un accident vienne gâcher tout cela bêtement... »

Lullaby entendait sa voix très loin, comme par-dessus un mur, déformée par le mouvement du vent. Elle voulait parler, mais elle n'arrivait pas bien à bouger les lèvres.

« Vous avez traversé une période difficile, depuis – depuis ce qui est arrivé à votre mère, son séjour à l'hôpital. Vous voyez, je suis au courant de tout cela, et cela m'aide à vous comprendre, mais il faut que vous m'aidiez, il faut que vous fassiez un effort... »

« Je voudrais voir... M. Filippi... », dit enfin Lullaby.

« Vous le verrez plus tard, vous le verrez », dit la directrice. « Mais il faut que vous me disiez enfin la vérité, où vous étiez. »

« Je vous ai dit, je regardais la mer, j'étais cachée dans les rochers et je regardais la mer. »

« Avec qui ? »

« J'étais seule, je vous l'ai dit, seule. »

« C'est faux ! »

La directrice avait crié, et elle se reprit tout de suite.

« Si vous ne voulez pas me dire avec qui vous étiez, je vais être obligée d'écrire à vos parents. Votre père... »

Le cœur de Lullaby se remit à battre très fort.

« Si vous faites cela, je ne reviendrai plus jamais ici ! » Elle sentit la force de ses paroles, et elle répéta lentement, sans détourner les yeux.

« Si vous écrivez à mon père, je ne reviendrai plus ici, ni dans aucune autre école. »

La directrice se tut un long moment, et le silence emplit la grande salle, comme un vent froid. Puis la directrice se leva. Elle regarda la jeune fille avec attention.

« Il ne faut pas vous mettre dans cet état », dit-elle enfin. « Vous êtes très pâle, vous êtes fatiguée. Nous reparlerons de tout cela une autre fois. »

Elle consulta sa montre.

« Le cours de M. Filippi va commencer dans quelques minutes. Vous pouvez y aller. »

Lullaby se leva lentement. Elle marcha vers la grande porte. Elle se retourna une fois avant de sortir.

« Merci madame », dit-elle.

La cour du lycée était à nouveau remplie d'élèves. Le vent secouait les branches des platanes et des marronniers, et les voix des enfants faisaient un brouhaha qui enivrait. Lullaby traversa lentement la cour, en évitant les groupes d'élèves et les enfants qui couraient. Quelques filles lui firent signe, de loin, mais sans oser s'approcher, et Lullaby leur répondit par un sourire léger. Quand elle arriva devant le bâtiment préfabriqué, elle vit la silhouette de M. Filippi, près du pilier B. Il était toujours vêtu de son complet bleu-gris, et il fumait une cigarette en regardant devant lui. Lullaby s'arrêta. Le professeur l'aperçut, et vint à sa rencontre en faisant des signes joyeux de la main.

« Eh bien ? Eh bien ? » dit-il. C'est tout ce qu'il trouvait à dire.

« Je voulais vous demander… », commença Lullaby.

« Quoi ? »

« Pour la mer, la lumière, j'avais beaucoup de questions à vous demander. »

Mais Lullaby s'aperçut tout à coup qu'elle avait oublié ses questions. M. Filippi la regarda d'un air amusé.

« Vous avez fait un voyage ? » demanda-t-il.

« Oui… », dit Lullaby.

« Et… C'était bien ? »

« Oh oui ! C'était très bien. »

La sonnerie retentit au-dessus de la cour, dans les galeries.

« Je suis bien content... » dit M. Filippi. Il éteignit sa cigarette sous son talon.

« Vous me raconterez tout ça plus tard », dit-il. La lueur amusée brillait dans ses yeux bleus, derrière ses lunettes.

« Vous n'allez plus partir en voyage, maintenant ? »

« Non », dit Lullaby.

« Bon, il faut y aller », dit M. Filippi. Il répéta encore : « Je suis bien content. » Il se tourna vers la jeune fille avant d'entrer dans le bâtiment préfabriqué.

« Et vous me demanderez ce que vous voudrez, tout à l'heure, après le cours. J'aime beaucoup la mer, moi aussi. »

J.M.G. Le Clézio

L'auteur

J.M.G. Le Clézio est né à Nice, en 1940. Enfant, il voulait devenir marin, et c'est au cours d'une traversée entre Bordeaux et le Nigéria qu'il écrit son premier livre. Il fait des études de lettres à Nice et devient docteur ès lettres. Son premier roman, *Le Procès-verbal* (1963), obtient le prix Renaudot et, en 1980, il reçoit le grand prix de littérature Paul-Morand pour son roman *Désert*. Influencée par ses origines familiales mêlées, par ses voyages et par son goût marqué pour les cultures amérindiennes, son œuvre, récompensée en 2008 par le prix Nobel de littérature, compte une cinquantaine d'ouvrages (romans, nouvelles, essais) publiés essentiellement aux éditions Gallimard.

Du même auteur chez Gallimard Jeunesse

FOLIO CADET

Balaabilou, n° 404

Voyage au pays des arbres, n° 187

FOLIO JUNIOR

Celui qui n'avait jamais vu la mer, n° 492

La Grande Vie, n° 1201

Pawana, n° 1001

Villa Aurore, n° 603

ÉCOUTEZ LIRE

Lullaby

GRAND FORMAT LITTÉRATURE

Mondo et autres histoires

Georges Lemoine
L'illustrateur

Georges Lemoine est né à Rouen en 1935. En 1951, il commence ses études à Paris, dans un centre d'apprentissage de dessin d'art graphique. Dès les années 1960, il dessine ses premières illustrations pour la presse et la publicité. En 1974, à la demande de Massin et de Pierre Marchand, il réalise ses premières couvertures illustrées pour les collections Folio et Folio Junior, dont le premier numéro de Folio Junior, *La maison qui s'envole*, de Claude Roy. Depuis, il a mis en images les textes de nombreux grands auteurs tels que Andersen, Charles Dickens, Oscar Wilde, Marguerite Yourcenar, J.M.G. Le Clézio, Michel Tournier, Marcel Proust (en 2005, il a illustré somptueusement *Le Petit Marcel Proust*)... En 1980, le prix Honoré lui est décerné pour l'ensemble de son travail de graphiste et d'illustrateur.

Découvrez d'autres livres
de **J.M.G. Le Clézio**

dans la collection

CELUI QUI N'AVAIT JAMAIS VU LA MER

n° 492

Daniel est fils de la mer. Il a appris à la connaître, à travers un livre, *Sindbad le marin,* mais il ne l'a jamais vue. Un jour, il part à sa rencontre. Grosse émotion, émerveillement... Jon, lui, est fasciné par l'étrange beauté du mont Reydarbarmur. Il y rencontre un petit garçon. Brève rencontre qui doit rester secrète. Cet enfant est-il le dieu vivant de la montagne?

VILLA AURORE
SUIVI DE ORLAMONDE

n° 603

Une maison perdue dans la verdure, offerte aux rêves d'aventure des enfants. Les années passent. Les promoteurs ont détruit le domaine. Colère et amertume chez les amoureux de la Villa Aurore... Entre ciel et mer, la Villa Orlamonde accueille Annah qui rêve, nichée dans l'embrasure d'une fenêtre à ogive. Mais déjà résonnent les premiers coups de pioche des démolisseurs.

PAWANA

n° 1001

« Awaïté Pawana ! » John, le matelot de Nantucket, oubliera-t-il jamais le cri lancé par l'homme de vigie des baleiniers ? Qu'est devenue la lagune de légende où les géants des mers venaient se cacher ? Pourquoi le capitaine Charles Melville Scammon a-t-il tant voulu découvrir ce lieu sans nom aussi vieux que le monde ? Comment peut-on détruire ce qu'on aime ?

LA GRANDE VIE SUIVI DE PEUPLE DU CIEL

n° 1201

Orphelines, Pouce et Poussy ont été recueillies par la même mère adoptive. Elles se ressemblent tant que tout le monde les croit jumelles. Même visage espiègle. Même rire enfantin. Elles vivent ensemble l'ennui de la vie quotidienne. Un jour, elles quittent l'usine et décident de partir. Avec leurs maigres économies, elles s'achètent un billet pour le Sud, pour mener enfin la grande vie. Celle dont elles ont toujours rêvé... Dans son village écrasé de soleil, Petite Croix, elle aussi, rêve de s'évader dans l'azur, à la rencontre du peuple du ciel...

Le papier de cet ouvrage est composé de fibres naturelles, renouvelables, recyclables et fabriquées à partir de bois provenant de forêts plantées et cultivées expressément pour la fabrication de la pâte à papier.

Photocomposition : Firmin-Didot

Loi n° 49-956 du 16 juillet 1949
sur les publications destinées à la jeunesse
ISBN : 978-2-07-061258-1
Numéro d'édition : 319405
Premier dépôt légal dans la même collection : septembre 1987
Dépôt légal : février 2017

Imprimé en Espagne par Novoprint (Barcelone)